这是一份爱的礼物

Read for Love

侯佩岑 为爱朗读

侯佩岑 编
李涵砚 绘

Preface

作者序

我时常在想，有什么是可以留给孩子的，

不是在物质上，而是在人生中，

让孩子能够用正面乐观的态度，去面对世界的各种状况。

在这本书里，我想借由简单的小故事，和所有的爸爸妈妈一同分享。

并期许让孩子们在遇到困难时，从这些故事中得到借鉴，

并从中找回最纯净、快乐的自己！

别忘了那些我们曾经熟悉的道理，或许是最简单，却也是最深刻的。

接下来，让我们一起进入小故事、大启示的世界！

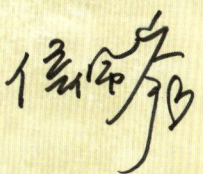

Contents

Chapter 1
诚实

放羊的孩子 —— 016

金斧头与银斧头 —— 022

Chapter 2
体贴

北风与太阳 —— 028

体贴的白鹤 —— 032

Chapter 3
踏实

辛勤工作的蚂蚁 —— 038

驴子过河 —— 044

Chapter 4
专心

猫与狐狸 —— 052

卖牛奶的小女孩 —— 056

Chapter 5
谦虚

龟兔赛跑 —— 060

自大的老鼠 —— 064

Chapter 6
励志

团结就是力量 —— 070

铁杵磨成针 —— 074

乌鸦喝水 —— 078

Chapter 7
自信

父子骑驴 —— 084

披着狮子皮的驴 —— 088

Chapter 8
勇气

敢说真话的刺猬 —— 092

小小老鼠帮大忙 —— 096

Chapter 9
分享

自讨苦吃的白马 —— 102

草原上的小白马 —— 106

Chapter 10
知足

咬着肉的小黄狗 —— 112

生金蛋的鸡 —— 116

Nursery Rhyme
英文童谣

可怜的蛋头先生 —— 124
Humpty Dumpty

雨呀，雨呀，快走开 —— 125
Rain, Rain, Go away

一、二、三、四、五 —— 126
One, Two, Three, Four, Five

十只手指头与十只脚趾头 —— 127
Ten Little Fingers, Ten Little Toes

晚安，睡个好觉 —— 128
Goodnight, Sleep Tight

小小蜘蛛 —— 129
Itsy-Bitsy Spider

划呀，划呀，划小船 —— 130
Row, Row, Row Your Boat

泰迪熊呀，泰迪熊 —— 131
Teddy Bear, Teddy Bear

聪明的老猫头鹰 —— 132
Wise Old Owl

滴答滴答滴 —— 133
Hickory Dickory Dock

一闪一闪亮晶晶 —— 134
Twinkle Twinkle Little Star

打开书本 —— 136
Open a Book

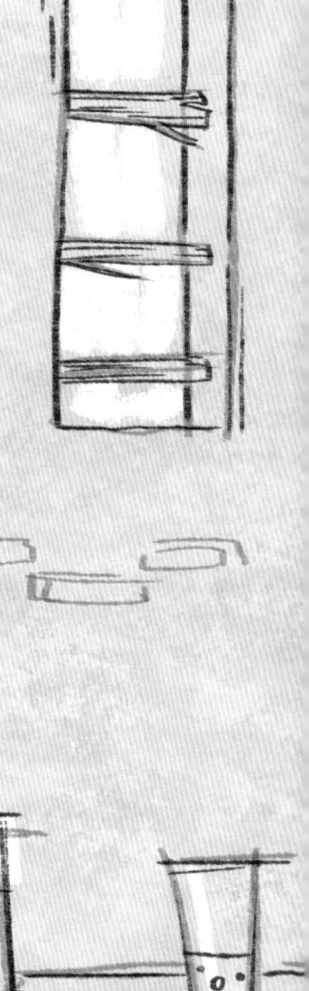

放羊的孩子
Honesty 1

有一个活泼的小男孩,每天都帮爸爸、妈妈看守牧场上的羊。但是因为小羊们只会低头吃草,小男孩觉得很无聊。于是,他想到一个可以吸引人注意的方法。他跑到邻居家门前大喊:"狼来了!狼来了!有人能来帮忙吗?"

大家一听,很担心野狼会伤害小男孩和羊群,立刻冲去牧场,想要帮忙赶走野狼。结果一到牧场之后发现根本没有野狼,只有小羊们悠闲地在吃草。

小男孩看到大家上当了,觉得很有趣,他开心地"哈哈哈"笑了起来。

邻居们知道自己被骗了,很生气地对他说:"小朋友,下次不要再这样骗人了哦!"

第二天,小男孩又觉得无聊,再次到邻居家门前大喊:"狼来了!狼来了!谁能来帮忙吗?"

大家一听到又立刻赶去牧场,但是,还是没有发现野狼。

小男孩又哈哈大笑,觉得很有趣,而邻居们知道被骗,只能无奈地回家。

到了第三天,牧场上真的出现了一只大野狼,小男孩非常害怕地跑到邻居家大喊:"救命啊!狼来了!谁能来帮忙吗?"

结果邻居们以为小男孩又在骗人,所以大家继续做着自己的事,没有任何人理会他。

最后，小男孩只能看着自己牧场上的羊被大野狼给吓跑，一点办法也没有。

佩岑的话

人无信不立，诚实守信是一种为自己、为他人负责的态度。说谎话或骗人不仅不尊重别人，更会失去别人对你的信任。往往说一个谎，就可能得说更多的谎来掩饰，这样的恶性循环不仅没有办法解决事情，更可能引发可怕的后果，所以一定要记得"诚实至上"。

金斧头与银斧头
Honesty 2

有一位樵夫在湖边砍柴，一不小心把他赖以为生的铁斧头掉进了水里。他着急着要跳进湖里找回斧头的时候，湖面上突然之间闪闪发光，出现了一位美丽的仙子。

仙子告诉樵夫："我是守护这座湖的仙子，让我来帮你找一找你的斧头吧！"

　　仙子从湖里拿出了一把闪闪发光的金斧头，她问樵夫说："这是你的斧头吗？"

　　樵夫摇头说："这不是我的斧头！"

　　仙子笑了一笑，再拿出一把银色的斧头问樵夫说："那这把呢？是你的斧头吗？"

　　樵夫摇摇头说："这也不是我的斧头。"

最后仙子拿出了一把铁斧头问樵夫,樵夫一看便点点头说:"就是它!这就是我刚刚掉的斧头,谢谢仙子!"

仙子觉得樵夫很诚实,所以决定把金斧头和银斧头一起送给他。

樵夫回家之后，把今天在湖边发生的事，告诉了他的邻居。邻居很羡慕，于是第二天，邻居也去了湖边。他刻意把自己的斧头往湖里一丢，果然像樵夫说的，湖面上出现了一位美丽的仙子要帮他找斧头。

仙子一样从湖里拿出了一把金光闪闪的斧头问邻居说："这是你掉的斧头吗？"邻居看见立刻开心地说："是是是！这就是我的斧头。"

仙子知道邻居是因为贪心而说谎，于是非常失望地消失在湖面上。而这位贪心的邻居，最后不但没有得到金斧头，连自己原本的斧头也弄丢了！

佩岑的话

仔细想想，生活中需要的不多，想要的却很多，贪得无厌的后果很有可能会跟故事中不诚实的邻居一样，连原本拥有的斧头也弄掉了。我们平时就要养成诚信、不说谎的习惯，对不是自己的东西也不要怀抱贪念。

体贴

Thoughtfulness

Chapter 2

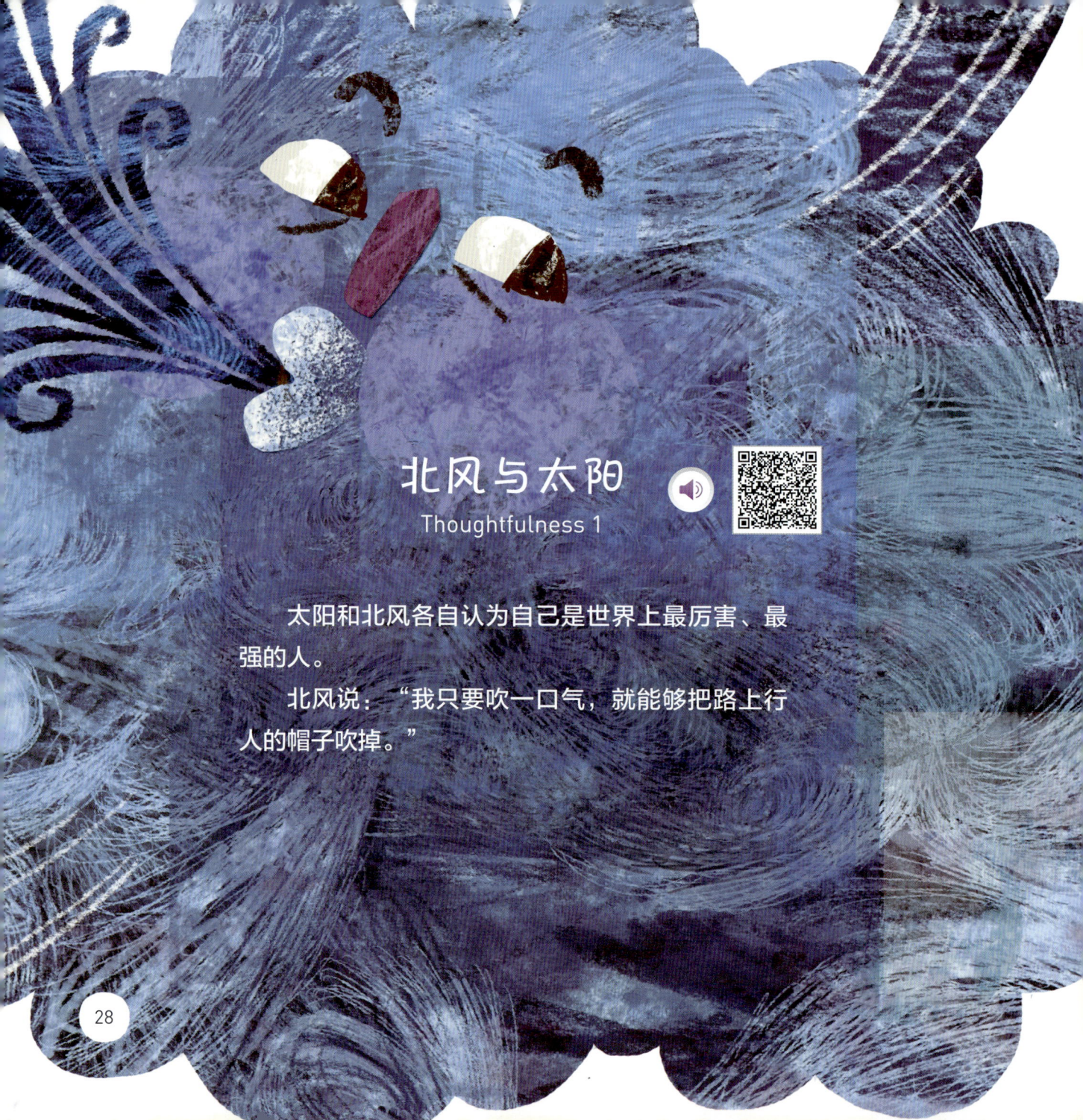

北风与太阳

Thoughtfulness 1

太阳和北风各自认为自己是世界上最厉害、最强的人。

北风说:"我只要吹一口气,就能够把路上行人的帽子吹掉。"

太阳说:"我只要绽放热力光芒,冰淇淋立刻就会融化。"

最后,北风与太阳决定要进行一场比赛,看看谁能够让路上的人把身上的外套脱掉。

急性子的北风忍不住先开始，他铆足了全劲、用力地吹，想要把路人的外套给吹掉。

但是，风实在太大了，路人觉得越来越冷，反而把身上的外套抓得更紧。

北风吹了好久，还是没办法让路人脱下外套。

此时，细心的太阳决定慢慢地散发热气，路人们渐渐感觉到热，纷纷把外套给脱下来了。

佩岑的话

有句话是这样说的："柔弱胜刚强"。与其用强硬、逼迫的方式，不如用真心、和善去感动别人，用体贴、温和的态度处理事情，说不定会有更好的效果。

体贴的白鹤
Thoughtfulness 2

狐狸与白鹤是好朋友，有一天狐狸邀请白鹤到家里吃饭。

狐狸准备了好喝的鱼汤放在浅浅的盘子中，端到白鹤面前说："我做的汤很好喝哦，你赶快尝尝看。"

白鹤很想喝汤,却一口也没喝到,因为白鹤长长尖尖的嘴根本没办法从扁平的盘子上喝到汤。

而狐狸低着头,"咕噜、咕噜"一下子就把自己的汤给喝完了,完全没有注意到白鹤喝不到汤,而当天晚上白鹤只好饿着肚子回家了。

白鹤心想:我应该要怎么做才可以让狐狸体会到我的感受呢?

于是有一天,白鹤也邀请了狐狸到他家吃饭。狐狸一进到白鹤的家就发现他的餐桌上都是细细长长的瓶子,狐狸的嘴巴根本没办法伸进去吃到东西。

此时，狐狸才明白上一次自己完全没有替白鹤着想，害他饿着肚子回家。狐狸立刻真诚地向白鹤道歉："上次吃饭实在是太对不起了！下一次我一定会注意你的需要。"

佩岑的话

粗心的狐狸不够体贴,只使用了自己习惯的餐具,却忘了好朋友的需要。我们人与人之间的相处,要能够将心比心,透过贴心的观察,可以发现彼此的不同。要学习设身处地地替他人着想,不能只用自己的认知去看世界,有同理心与尊重别人才是真正的体贴。

辛勤工作的蚂蚁
Grounded 1

炎热的夏天，蚂蚁仍然辛勤地工作，努力准备储存冬天的食物，蚱蜢却在高声唱歌玩乐着。

蚱蜢经过看到蚂蚁那么辛苦地工作，很好奇地问："蚂蚁们，你们为什么要那么努力工作呢？天气这么好，是不是应该好好玩乐一下呢？"

蚂蚁说："因为冬天就会没有东西可以吃了，所以现在夏天我们必须要努力储存食物啊！"

蚱蜢听到笑着回答说："现在到冬天还要很久的时间，干吗那么辛苦？"于是他开心地唱着歌，到别的地方去玩耍了。

夏天结束了，秋天也过去了，冬天终于到来，冷风呼呼地吹着，花草全部凋谢了。

蚱蜢找不到食物吃，饿得实在没有力气。这个时候正好经过了蚂蚁的家，他看到蚂蚁正快乐地吃着夏天努力储存的食物。蚱蜢大哭地后悔当初自己只顾着玩，没有努力工作。

而蚂蚁听到了蚱蜢的哭声，关心地问着：
"蚱蜢先生，你怎么了？"

蚱蜢很不好意思地说："我没有东西吃，实在饿得没有力气了。"
蚂蚁一听，大方地说："赶快来吧！我们储存了很多的食物，你吃点东西，等到有力气了，再快乐地唱歌给我们听好吗？"

佩岑的话

"一分耕耘，一分收获"，蚂蚁因为早在夏天就准备了过冬的粮食，到了冬天才能衣食无缺。凡事预先做好准备，懂得"未雨绸缪"才能有备无患。

一个炎热的午后,一只驴子载了好几袋的盐,缓慢地前进着。主人在旁边不停地催促他:"快点走哦!我们必须要赶在太阳下山之前回到家。"

但是天气实在太热了,驴子走得越来越慢,走着走着,他们来到了一条小河边。

驴子心想:"主人应该会停在这里喝点水,休息一下吧?"可是主人却没有停下脚步,直接拉着驴子过河。

正当驴子走到河中间,因为实在太累了,结果他脚软跌到了水中。主人看到驴子背上的几大袋盐全都泡在水里融化了,紧张得叫驴子赶快站起来。

驴子站起来之后，惊喜地发现自己背上的货物一下子轻了好多。于是他便暗自窃喜，决定以后运货过河，都要用同一种方法减轻重量。

几天之后,主人又赶着驴子运货,这一次主人决定不载盐,改载棉花。想故技重施的驴子走到了河中间,故意装作脚软的样子,又跌进了水里。

但是这一次他背上的货物不但没有变轻,反而加倍的沉重,因为棉花把水全部都吸附了。

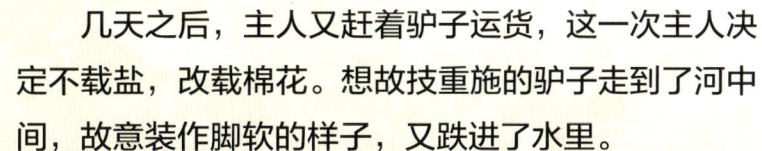

从此之后,驴子再也不敢偷懒,每一次他都用心运送货物。

佩岑的话

我们做任何事都要努力脚踏实地地去完成,不要只想着用投机取巧的方式,因为那样做反而会有反效果。像故事中想要偷懒的驴子这样弄巧成拙,反而会给自己带来更多的麻烦。

专心

Concentration

Chapter 4

猫与狐狸

Concentration 1

  有一只猫在森林里迷了路,他遇到一只狐狸,猫亲切地跟狐狸说:"狐狸先生,你好。请问你可以带我回家吗?我迷路了,走不回农场主人家。"
  狐狸听了以后说:"那你先告诉我,你有什么厉害的本领,我就带你回家。"

猫咪谦虚地说:"我只会一种本领,就是当有人追我的时候,我会爬到高高的树上躲起来。"

狐狸不以为然地说:"躲起来也算是本领吗?我会的东西可多了。我能轻易地看出猎人设下的陷阱,也可以吓跑猎犬。总之我会的事太多了,让我带你去找回家的路吧!"

就在这个时候,猎人带着猎犬朝他们走近。猫咪一听到声音,迅速地跳到树上躲了起来。

但狐狸却不知如何是好,猫咪急着大喊:"狐狸先生,快拿出你的本领逃跑啊!"

但是已经来不及了,猎犬走向狐狸,快速地将狐狸扑倒。

猫咪哀伤地想着:"狐狸先生虽然有100种本领,但是如果他能像我一样,把一个本领练到最好,就不会被猎人抓走了。"

佩岑的话

"一技在身,胜过百艺上身"。与其什么都会,但什么都只懂皮毛,不如专心学好一项技能,以一技之长行遍天下。

卖牛奶的小女孩
Concentration 2

有一位小女孩,她每天的工作就是要把家里乳牛挤出来的牛奶拿去市场卖,卖了钱才能给家人买食物来吃。

有一天,她将一桶刚挤好的牛奶顶在头上要走去市场。她一边走一边想着:"这桶牛奶卖的钱,至少可以买一百个鸡蛋。如果将这些鸡蛋孵出的鸡拿到市场上去卖,那就可以赚更多更多的钱。"

她越想越开心,走路就越来越快。她又想到:"到时候我要用这些钱来买一件洋装,圣诞节派对的时候,就可以穿上漂亮的衣服。到时候如果有男生来邀我跳舞,我应该会摇摇头拒绝他们。"

想到了这里,她不禁摇起了头,没想到,头上顶着的牛奶因为摇晃得太大力,全部洒在地上。这下子,小女孩不但买不到洋装,连吃饭的钱都没有了。

佩岑的话

做事情要专心一意,即便是一件小事,也会因你的投入程度而产生不同的影响。故事中卖牛奶的小女孩,因为不切实际、一心二用,既赚不到钱买洋装,连牛奶都浪费了。

谦虚

Modesty

Chapter 5

龟兔赛跑

Modesty 1

　　小白兔和小乌龟常常一起玩耍,小白兔的动作快,小乌龟的动作慢。小白兔常会嘲笑小乌龟慢吞吞的,每次都让他等好久。

　　一个夏天的午后,小白兔突然对小乌龟说:"我们来比赛跑步,输的要请客哦!"说完,他就迅速地往前跑走了。

　　小乌龟看着小白兔已经跑得很远,但是他还是决定要用尽全力,拼命往前爬。

　　此时,遥遥领先的小白兔心想:"这场比赛实在太轻松了,我先休息一下,反正小乌龟慢吞吞的,我随便跑都能赢过他。"在大树下休息的小白兔,不小心就睡着了。

　　小乌龟知道自己爬得慢,所以一刻也不敢停。小乌龟一直爬、一直爬,在他的努力之下,竟然超过了沉睡的小白兔。虽然小乌龟很累,但他不敢停下脚步休息,继续努力地往目标前进。

小白兔一觉醒来之后,发现小乌龟早就已经到达终点了!小白兔输掉了这场比赛,而本来他以为自己赢定了,现在只好乖乖请客。

下次,小白兔再也不敢大意了。

佩岑的话

速度很快的小白兔,为什么会输掉这场比赛呢?最大的原因就是他太自大了。想一想,如果小白兔能够像平常一样全力以赴,是不是结果会不一样呢?

我们做人不可以骄傲自满,不能觉得自己比别人强就不努力。相同的,我们也不可以妄自菲薄或者是自暴自弃,因为"天生我材必有用",每个人都有无限的可能。

自大的老鼠
Modesty 2

有一只名叫路易的小老鼠,有一天,他在树下捡到了一面神奇的镜子,无论谁照了,镜中的自己都会放大许多倍。路易看到镜子中自己高大强壮的样子,就自认为是世界上最大的动物。

见多识广的猫头鹰告诉路易:"事实上,大象才是这世界上最庞大的动物。"

路易听了很不服气,决定去找大象,和他一较高下。

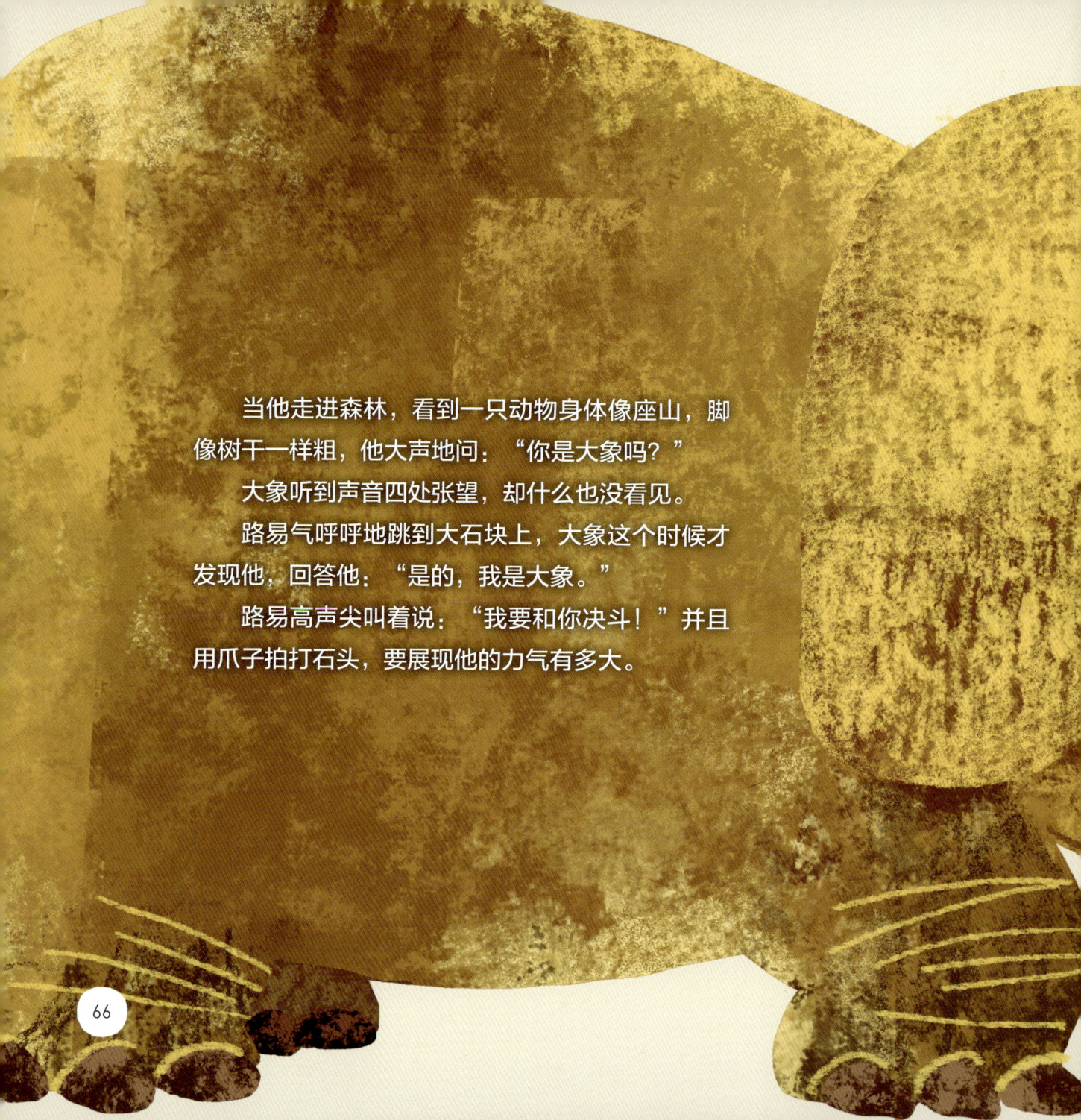

当他走进森林,看到一只动物身体像座山,脚像树干一样粗,他大声地问:"你是大象吗?"

大象听到声音四处张望,却什么也没看见。

路易气呼呼地跳到大石块上,大象这个时候才发现他,回答他:"是的,我是大象。"

路易高声尖叫着说:"我要和你决斗!"并且用爪子拍打石头,要展现他的力气有多大。

但是大象完全不为所动,他盯着路易看了一会儿,接着吸了一鼻子的水,把水喷向路易。路易立刻被巨大的水柱冲了下来,全身湿透,跌坐在地上。

路易这个时候才明白，原来世界上还有许多他所不知道的动物，有的比他高大，有的比他强壮。从此，他不敢再照那面镜子，也不敢再自以为是了。

佩岑的话

俗话说："人外有人，天外有天。"人要了解自己的优缺点，并追求进步。世界如此之大，还有许多我们不知道的人、事、物等待我们去探索，千万不要因为自大与骄傲而失去了认识这个世界的机会，懂得谦虚为怀才能获得更多的成长。

团结就是力量
Inspiration 1

很久以前有一位老农夫,他有四个儿子,儿子们常常因为意见不合而吵架。有的时候吵得非常厉害,让老农夫头痛不已。

老农夫一直想要让他的儿子能够和睦相处,并且团结在一起。

所以有一天，老农夫把四个儿子叫到面前，然后给他们一人一根筷子，要他们折断。儿子们都笑着说："这有什么难的？"于是，轻而易举地把一根筷子给折断了。

接着,老农夫又拿出一把筷子,要四个儿子轮流折断,可是每一个人用尽多大的力气都还是折不断。

老农夫这才对他们说:"你们看看,一根筷子势单力薄,很容易就折断了,但若是一把筷子,力量集中,就很难折断。"

于是,四个兄弟终于明白了,筷子如此,人与人之间更是如此。如果我们能够团结在一起,那么力量就会更大了。

佩岑的话

一个人的能力和力量有限,但是如果可以集合很多人的能力一起运用,彼此同心协力、互相支援,就可以变成一股更强大的力量,达到无限可能。这也就是"团结力量大"的道理。

铁杵磨成针

Inspiration 2

唐朝著名诗人李白小的时候聪明过人,喜欢玩乐。有一天,李白丢下书本,偷偷溜出去玩。走着走着,来到了河边,看到一位老婆婆,在一块大石头上磨着一根棍子般粗的铁杵。

　　李白觉得很奇怪，走过去问："老婆婆，您在做什么呀？"

　　老婆婆说："我要把这根铁杵磨成绣花针啊！"

　　李白听了，非常地惊讶："这么粗的铁棒怎么可能磨成绣花针呢？"

　　老婆婆笑着说："为什么不可能？我只要天天磨，细心地磨，总有一天可以磨成绣花针的。"

李白听了之后，大受启发，他领悟到做事一定要有恒心。于是返回了学堂，从此加倍努力学习，成为流传后世的伟大诗人。

佩岑的话

有恒为成功之本,想成就一番大事,一定要有恒心。故事中老婆婆的恒心与毅力就是我们要学习的目标。俗话说:"天下无难事,只怕有心人。"只要能下定决心、持之以恒,肯下苦功努力去做,无论多么困难的事,都是有可能的。

乌鸦喝水
Inspiration 3

　　有一只勤奋的乌鸦在天空飞来飞去，突然觉得口渴，于是到处找水喝。

　　他在一户人家的后院里，看到一个装了半瓶水的瓶子，想要把嘴伸进去喝，但是瓶子实在太深了，他试了半天还是喝不到水。

乌鸦想了一想，他先拿起旁边的石头，试图把瓶口敲破。可是他的力气实在太小了，敲了好久，瓶子还是好好的。

这时候,他看到铺在后院的小石子路,他飞了过去,叼起一粒小石子,再把石子扔到瓶子里,水马上就升高了一点。

于是,他来来回回把小石子扔到瓶子里,瓶底渐渐堆满了石子,水位也越升越高。

最后,辛苦又勤奋的乌鸦,终于喝到了清凉解渴的水。

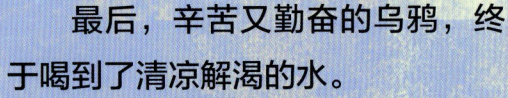

佩岑的话

"有志者事竟成"。失败没关系,遇到问题,千万不要随随便便就说放弃,多尝试几次,机会就会增加几次。在过程中慢慢学习成功的方法,最后一定可以找到最有效、最正确又最聪明的解决办法。俗话说:"危机就是转机",遇到困难就是获得成长的机会,别自己先放弃。

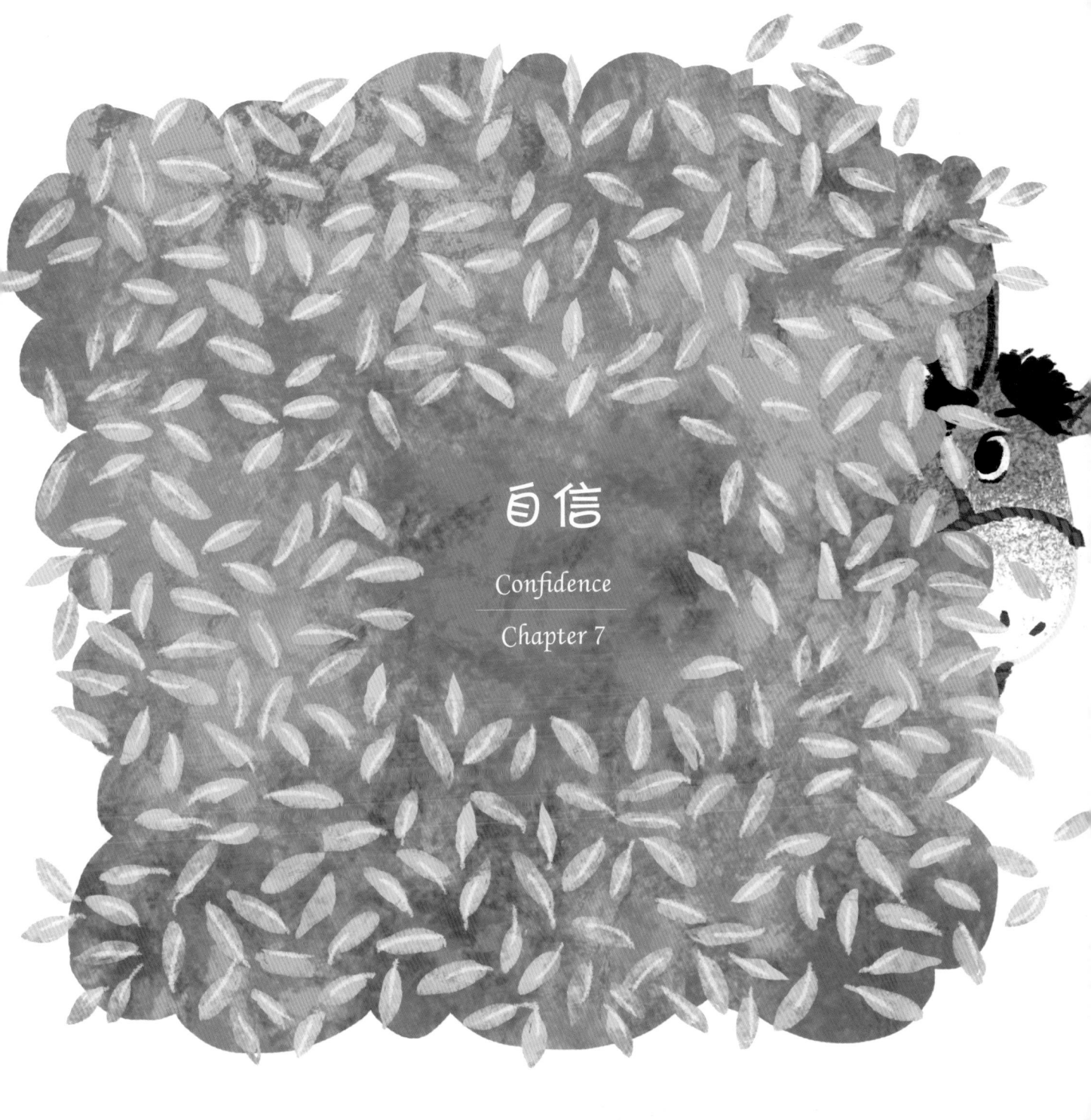

自信

Confidence

Chapter 7

父子骑驴

Confidence 1

有一对父子一大早就出门,准备去市场卖掉家里的一头驴子,好赚取生活费。

一开始父子俩牵着驴子慢慢走着,听到路人在旁边小声地说:"怎么有驴不骑呢?真是一对傻父子。"

于是,爸爸牵着驴子,叫儿子骑上驴子。

走了一段路,又听到路人皱起眉头说:"大热天让父亲走路,自己坐在驴子上,这个儿子真是不孝!"

儿子想了想,觉得路人说得没错,"天气这么热,怎么可以让父亲这么辛苦呢?"

于是他赶紧下来,换爸爸骑上驴子,自己牵驴。

又走了没多久,路人看到这个景象说:
"这个爸爸怎么这么不疼爱儿子呢?"
父子俩想了一想,干脆一起骑上驴子。
这一骑上去,路人又说话了:"你们两个人的体重加起来都超过驴子了,怎么可以这样虐待动物呢?"

最后，两个人决定合力把驴子扛进市场。

结果两个人还没走到市场，早就已经没有体力，而驴子也因为太害怕，挣脱逃走了！最后这对父子不仅没有赚到钱，还失去了一头驴子。

佩岑的话

当你在做一件事的时候，身边是不是总会有许多不同的意见呢？如果想清楚、确定自己的做法，就坚持下去吧！训练自己看事情的角度，若总是配合别人，对别人的意见照单全收，会让自己无所适从，反而无法把事情做好。

披着狮子皮的驴

Confidence 2

　　有一头胆小的驴子，森林里他最害怕的就是狐狸，每次看到狐狸靠近他，总吓得全身发抖。

　　有一天，他在森林里发现一张狮子的皮，他好奇地披着狮子皮，在森林里走动，许多动物以为是狮子来了，吓得赶紧躲起来。

这时，他看见平时老爱欺负自己的狐狸，也想去吓吓他，大摇大摆地走到狐狸面前。

狐狸一看到狮子朝自己走过来，吓得腿发软，驴子看到狐狸被自己吓成这个模样，很得意得发出了叫声。

狐狸听出那声音是驴子,不是狮子,于是他对驴子说:"虽然你披着狮子皮,但是你终究还是一头驴子。"

驴子被揭穿之后,面红耳赤地抛下了狮子皮,躲进森林的深处。

佩岑的话

披着狮子皮的驴子虽然可以获得一时的得意,但终究有被揭穿的一天。我们要认识自己,找出自己的长处,让自己成为有自信、有能力的人,便会受人尊重。

勇气

Courage

Chapter 8

敢说真话的刺猬
Courage 1

有一天,森林大王狮子召集了所有的动物来草原上开会,大家都看到他脚掌上有一枚金光闪闪的勋章。

狮子说:"我刚才把一头比我大五倍的非洲象给打败了,因此赢得了这枚勋章。我想把它送给森林中最勇敢的人,你们认为谁有这个资格呢?"

猴子一脸笑意，讨好地说："没有其他动物能打败非洲象，这枚勋章当然属于大王您啊！"

鹦鹉听了，也附和地说："猴子先生说得好，只有大王够资格！"

其他动物也都跟着说："这枚勋章是属于大王您的！"

狮子看了一看大家，最后盯住一言不发的刺猬说："你怎么不说话呢？"

刺猬小小声地说："狮子大王，我是很尊敬你的，但是我实在不明白，大王你是怎么样把比你大五倍的非洲象给打败的呢？"

狮子听完刺猬说的话，忍不住大笑，接着一步一步地向刺猬走去。

其他动物们心想:"糟糕了!刺猬惹怒狮子大王了!"没想到,狮子恭敬地把金光闪闪的勋章挂到刺猬的脖子上,而且嘉许他说:"你才是真正的勇者,在强者面前也敢说真话,这枚勋章是属于你的。"

佩岑的话

"勇气",不是比谁的力量大,也不是比谁的速度快,而是"敢说真心话、敢做对的事"。古人说"勇者无惧",如果大家对于正确的事情都能毫无畏惧拿出勇气去执行,世界将会充满正义与和平。

小小老鼠帮大忙
Courage 2

草原上有一只强壮的狮子,他天不怕地不怕,非常喜欢睡觉。

有一天他在午睡的时候,有一只小老鼠因为被猫追,东躲西逃,居然不小心跳到了狮子的身上。

狮子被吵醒之后,抓住老鼠大吼:

"你竟然敢打扰我睡觉!"

小老鼠害怕地说:"对不起,我不小心吵到你,求求你不要生气,也求求你放过我。如果你放了我,以后我一定会报答你的。"

狮子笑了出来,他说:"你这一只小老鼠是要拿什么来报答我呀?没关系啦,放你走吧!"

过了几天,狮子因为追赶野兔,一不小心被猎人用绳子做的陷阱困住,他不停地大吼大叫,整个森林都听得到,可是没有动物敢去救他。

这个时候，老鼠听到了狮子的哀号声，跑到陷阱旁对狮子说："你别担心，我来帮你！"

于是，老鼠张开了他的小嘴巴，用尖尖的牙齿咬断了绳索，将狮子从陷阱里救了出来。

经过这次事件,狮子对小老鼠刮目相看。

佩岑的话

在这个世界上,每个人都有自己的能力与长处,所以不要轻视任何人,包含你自己。个人的力量虽然有限,只要你充满勇气与斗志,即使是小小的力量也可以发挥大大的作用。这个故事同时也提醒我们,行善之家必有后福,因为狮子善待老鼠,在危急时刻老鼠才愿意为狮子挺身而出,这就是一个善的循环。

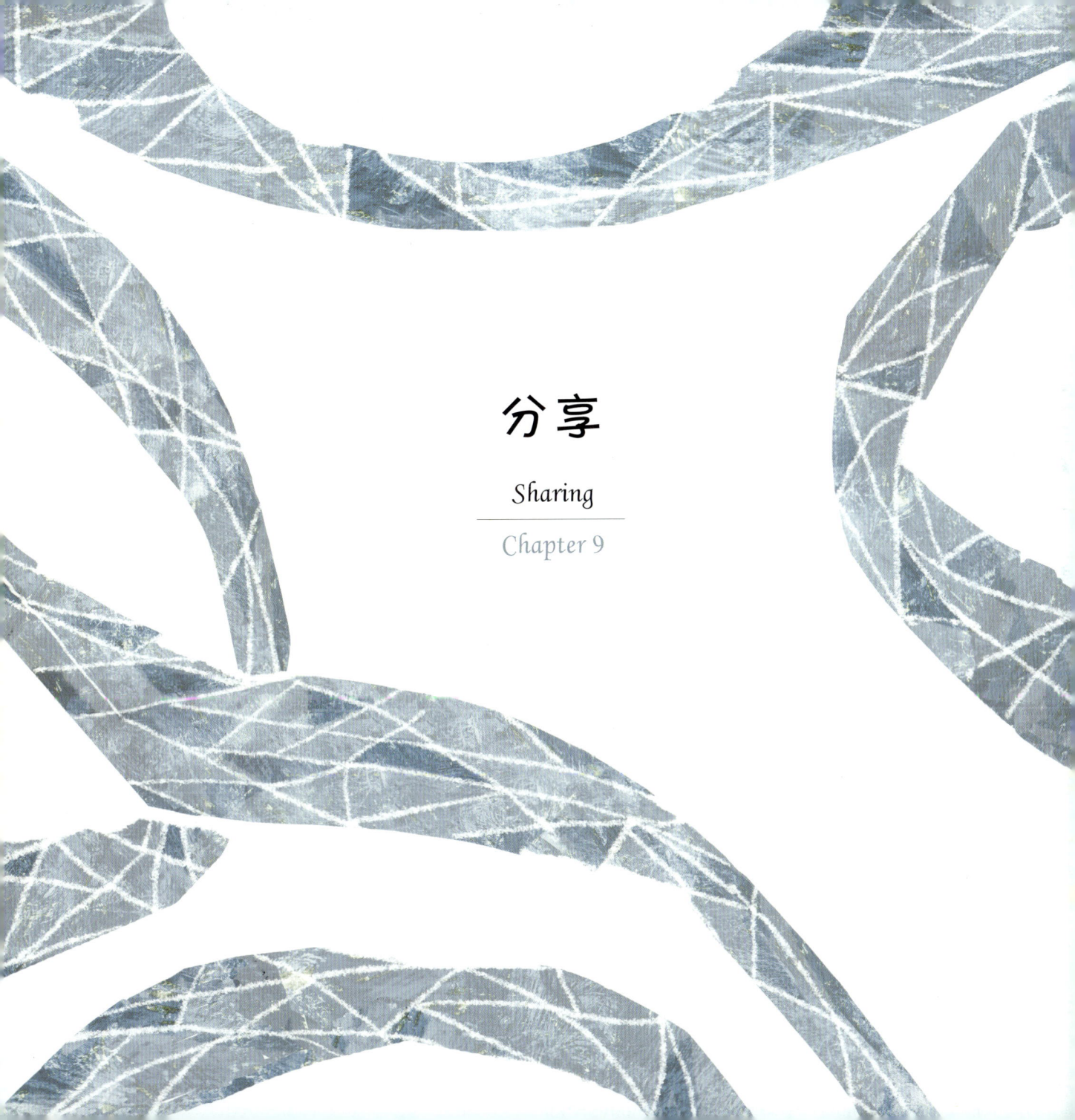

分享

Sharing

Chapter 9

自讨苦吃的白马

Sharing 1

有一个商人赶着一匹白马和一匹黑马进城去做生意。商人特别偏爱白马，不但把所有的货物都让黑马背着，连粮草也是让白马吃得比黑马多。

　　经过几天的赶路，黑马越来越虚弱，眼看就要支撑不住，黑马向白马求救说："白马先生，你愿意帮我分担一点货物吗？或者是分一点粮草给我？"白马完全不理会黑马，继续往前走。

过了几天之后,黑马又饿又累,终于体力透支,昏了过去。

商人没有其他办法，只好把所有的货物全部移到白马背上，并加紧赶路。

这时，白马后悔地喃喃自语："就是因为我不愿意帮黑马分担货物、不愿意多分一点粮草给他，害得自己现在要背着全部的货物……真是自讨苦吃！"

佩岑的话

"有福同享，有难同当"，任何人都会有需要帮助的时候，有能力帮助别人是一种福气，有人能一起分享生活中的喜怒哀乐，更是一件值得珍惜的事。

草原上的小白马
Sharing 2

山上有一只小白马,有一天他发现了一处长满牧草的山坡,看见满地新鲜的牧草,小白马心想:"哇!这可以吃多久啊!我要好好地享用。"他便满心欢喜地吃起了牧草。

过了几天，有几只羊、牛也来到了山坡，很开心地朝小白马跑来，想跟他交朋友。但小白马担心牧草被吃光，很生气地把他们赶走。

虽然他从此可以享受一整片山坡的牧草，但是却没有朋友陪伴，始终孤零零的。

有一天，山坡上来了一只野狼，他在山上绕了好久，寻找猎物。走着走着，突然看见独自在山坡上吃草的小白马，马上眼睛一亮，敏锐地环顾四周，确定没有其他动物之后，便往小白马的方向飞奔过去，准备大吃一顿。

小白马一看到野狼，因为没有其他同伴可以帮忙，只好拔腿就跑。

野狼追不上，最后只好放弃，但小白马也因为迷路，再也回不到长满牧草的小山坡了。

佩岑的话

"独乐乐不如众乐乐"，乐于分享不仅可以让生活更丰富，也可以从别人身上学到许多自己缺乏的东西，彼此互相学习、互相成长，一起成为更好的人。

咬着肉的小黄狗
Contentment 1

有一只小黄狗，走在路上发现地上有一大块香喷喷的肉，兴奋得赶紧叼起那块肉咬住不放。

他心里想："真是太好运了，竟然可以得到这么大一块肉，我要赶快跑回家躲起来，独自享用。"

于是,小黄狗开心地咬着肉往河边跑去,只要过了桥就到家了。

可是当他走到桥中间的时候,他往河里一看,看到河里有一只狗正盯着他,嘴里也咬着好大一块肉。

他想:"这只狗该不会想要抢我的肉吧?如果我把他吓跑,我就有两块肉可以吃,真是太好了!"

于是，小黄狗张开了嘴，奋力地对着河里大叫："汪！汪！汪！"没想到这一张嘴，"扑通"一声，肉掉到河里不见了！

再往河里一看，原来那只狗是自己的倒影，小黄狗最后只能懊悔地饿着肚子回家了。

佩岑的话

"知足是最大的财富"，不要妄想自己没有的，要多珍惜自己所拥有的，随时心存感激，不要因为贪心而得不偿失。

生金蛋的鸡

Contentment 2

在一个安静的小村子里,住着一对很穷的老爷爷与老奶奶。

有天早晨,老奶奶在院子里忽然大声喊道:"不得了了!我们家的母鸡生下一颗金色的蛋!"

老爷爷从家里跑了出来,惊喜地说:"哇!真的是金色的耶!这下我们发财了。"

老爷爷赶紧把金蛋拿去市场卖了很多钱。

接下来的第二天、第三天,母鸡都生下了金蛋,原本很穷的老爷爷与老奶奶,开始变得富有。

可是,贪心的老爷爷觉得这样赚钱太慢了,他想拥有更多的金蛋。

于是,老爷爷对老奶奶说:"母鸡每天都生下一颗金蛋,应该是因为它的肚子里有很多金子,我们把它肚子里的金子拿出来,不是可以赚更多的钱吗?"

于是,他们两个人把母鸡抓来剖开肚子,想找出肚子里的金子。可是找来找去却什么都没有。

老爷爷这时才后悔地说:"如果母鸡在,每天还能生一颗金蛋,现在……什么都没有了!"

说完就和老奶奶两个人抱在一起大哭了起来。

佩岑的话

"知足常乐",只要懂得知恩惜福,每天就算是粗茶淡饭也可以很开心。能满足于自己所拥有的东西并好好珍惜,这才是幸福的根本。

Humpty Dumpty

Humpty dumpty sat on a wall,
Humpty dumpty had a great fall.
All the king's horses and all the king's men
Couldn't put Humpty together again.

 可怜的蛋头先生

傻傻的蛋头坐墙上，
傻傻的蛋头跌一跤。
国王派出所有人马，
也无法恢复他原状。

Rain, Rain, Go away

Rain, rain, go away,
Come again another day.
Little baby wants to play.
Rain, rain, go away.

雨呀，雨呀，快走开

雨呀，雨呀，快走开，
改天再来吧！
小宝贝想出去玩，
雨呀，雨呀，快走开！

One, Two, Three, Four, Five

One, two, three, four, five,
Once I caught a fish alive.
Six, seven, eight, nine, ten,
Then I let it go again.
Why did you let it go?
Because it bit my finger so.
Which finger did it bite?
This little finger on the right.

一、二、三、四、五

一、二、三、四、五,
我曾经捉到一条鱼。
六、七、八、九、十,
我又把鱼放回水中。
你为什么放它走?
因为它咬我的手指头。
哪一根手指头被它咬?
我右手的小指头。

10

Ten Little Fingers, Ten Little Toes

Ten little fingers, ten little toes,
Two little ears and one little nose.
Two little eyes that shine so bright,
And one little mouth to kiss mother goodnight.

十只手指头与十只脚趾头

十只手指头与十只脚趾头，
两只耳朵与一个鼻子，
两只眼睛闪闪发亮，
还有与妈咪亲亲晚安的一张嘴巴。

Goodnight, Sleep Tight

Goodnight, sleep tight,
Don't let the bedbugs bite.
Wake up bright,
In the morning light.
To do what's right,
With all your might.

 晚安，睡个好觉

晚安，睡个好觉，
别被床上的小虫咬。
在早晨的阳光中，
有精神地醒来。
做好该做的事，
全力以赴。

Itsy-Bitsy Spider

The itsy-bitsy spider
Climbed up the water spout.
Down came the rain,
And washed the spider out.
Out came the sun,
And dried up all the rain.
And the itsy-bitsy spider
Climbed up the spout again

小小蜘蛛

小小蜘蛛
爬呀爬，爬上了水管。
忽然下起一场雨，
小小蜘蛛被冲下来。
太阳出来了，
把雨水晒干了。
小小蜘蛛
继续爬呀爬，爬上了水管。

Row, Row, Row Your Boat

Row, row, row your boat,
Gently down the stream.
Merrily, merrily, merrily, merrily,
Life is but a dream.

划呀，划呀，划小船

划呀，划呀，划小船，
轻轻顺着河流而下。
快乐呀，快乐呀，快乐呀，快乐呀，
人生不过是一场梦。

Teddy Bear, Teddy Bear

Teddy bear, teddy bear, turn around,
Teddy bear, teddy bear, touch the ground,
Teddy bear, teddy bear, reach up high,
Teddy bear, teddy bear, touch the sky,
Teddy bear, teddy bear, turn out the lights,
Teddy bear, teddy bear, say good night.

 泰迪熊呀,泰迪熊

泰迪熊呀,泰迪熊,转圈圈,
泰迪熊呀,泰迪熊,碰碰地,
泰迪熊呀,泰迪熊,跳高高,
泰迪熊呀,泰迪熊,关灯啰,
泰迪熊呀,泰迪熊,说晚安。

Wise Old Owl

A wise old owl sat in an oak,
The more he heard, the less he spoke;
The less he spoke, the more he heard;
Why aren't we all like that wise old bird?

聪明的老猫头鹰

一只聪明的老猫头鹰坐在橡树上，
他听得越多，说得越少；
他说得越少，就听得越多；
为什么我们不能都成为这只聪明的老鸟呢？

Hickory Dickory Dock

Hickory, dickory, dock.
The mouse ran up the clock.
The clock struck one,
The mouse ran down,
Hickory, dickory, dock.

滴答滴答滴

滴答滴答滴,
滴答滴答滴,
老鼠爬上钟。
时钟敲一下,
老鼠爬下钟,
滴答滴答滴。

Twinkle Twinkle Little Star

Twinkle, twinkle, little star,
How I wonder what you are!
Up above the world so high.
Like a diamond in the sky.

Twinkle, twinkle, little star,
How I wonder what you are!

When the blazing sun is gone,
When he nothing shines upon,
Then you show your little light,
Twinkle, twinkle, all the night.

Twinkle, twinkle, little star,
How I wonder what you are!

一闪一闪亮晶晶

一闪一闪亮晶晶,
我想知道你是什么!
高高挂在世界上,
好像天上的一颗钻石。

一闪一闪亮晶晶,
我想知道你是什么!

当炽热的太阳消失时,
当他不再发光时,
你闪着一点一点的亮光,
一闪一闪,点亮整个夜晚。

一闪一闪亮晶晶,
我想知道你是什么!

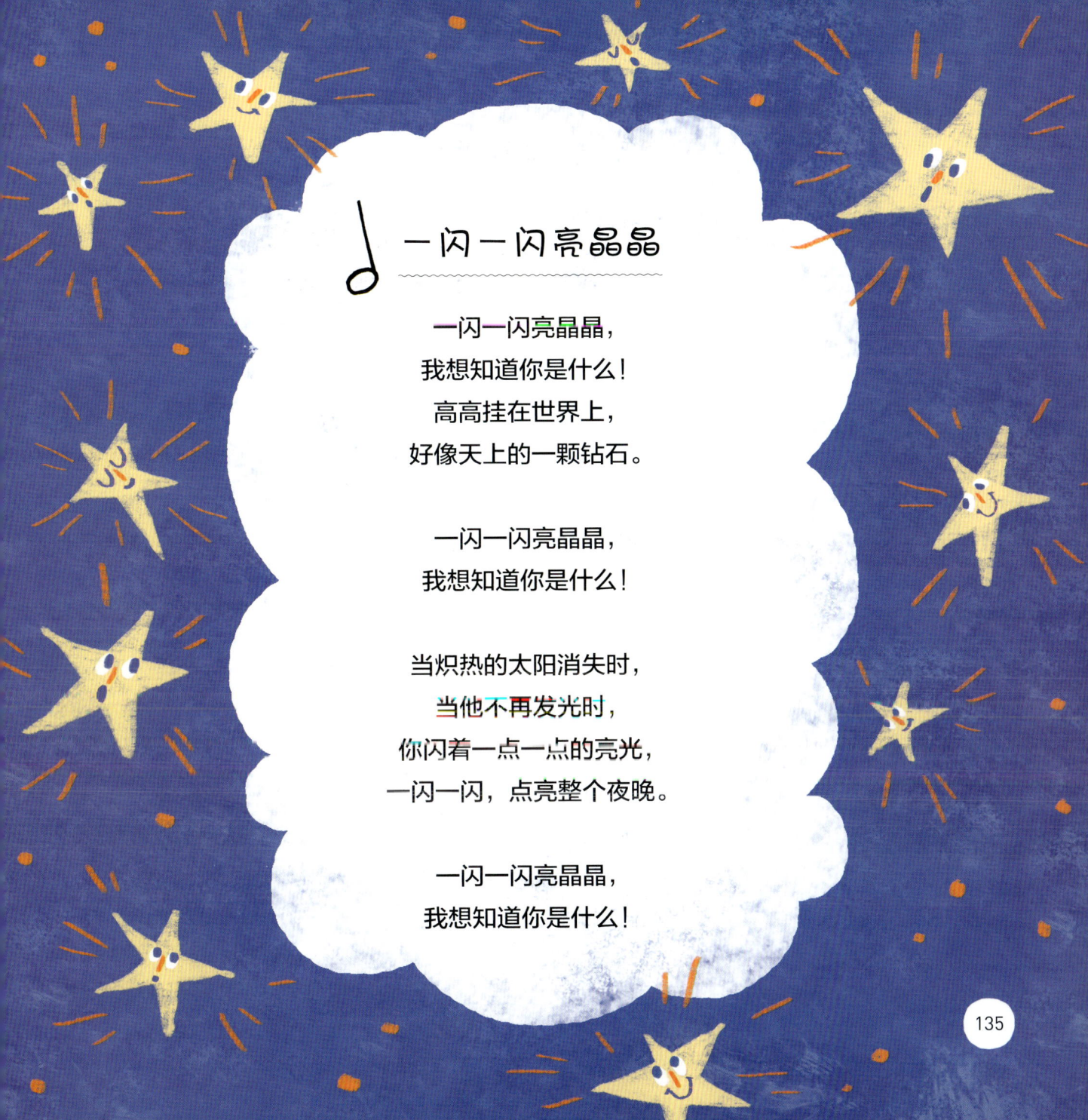

Open a Book

Open a book
And you will find,
People and places of every kind.

Open a book
And you can be,
Anything that you want to be.

Open a book
And you can share,
Wondrous worlds you find in there.

Open a book
And I will too.
You read to me,
And I'll read to you.

打开书本

打开书本,
你会认识形形色色的人物与风景。

打开书本,
你可以变成任何你想成为的对象。

打开书本,
你可以分享你所发现的奇妙世界。

打开书本,
我会这么做。
你念书给我听,
我也念书给你听。

本书由时报文化出版企业股份有限公司授权浙江人民美术出版社有限公司在中国大陆地区出版其中文简体字平装本版本。该出版权受法律保护，未经书面同意，任何机构与个人不得以任何形式进行复制、转载。

项目合作：锐拓传媒copyright@rightol.com

合同登记号：
图字：11-2018-138号

图书在版编目（CIP）数据

侯佩岑为爱朗读 / 侯佩岑编；李涵砚绘. -- 杭州：浙江人民美术出版社，2018.5
ISBN 978-7-5340-6696-2

Ⅰ. ①侯… Ⅱ. ①侯… ②李… Ⅲ. ①童话—作品集—世界 Ⅳ. ①I18

中国版本图书馆CIP数据核字(2018)第060909号

责任编辑：张嘉杭
责任校对：黄　静
责任印制：陈柏荣

侯佩岑为爱朗读

侯佩岑　编　李涵砚　绘

出版发行：浙江人民美术出版社
（杭州市体育场路347号）

网	址：	http://mss.zjcb.com
经	销：	全国各地新华书店
制	版：	杭州真凯文化艺术有限公司
印	刷：	浙江新华数码印务有限公司
版	次：	2018年5月第1版·第1次印刷
开	本：	965mm×1270mm　1/24
印	张：	5.75
字	数：	20千字
印	数：	0,001—10,000
书	号：	ISBN 978-7-5340-6696-2
定	价：	88.00元

■关于次品（如乱页、漏页）等问题请与承印厂联系调换。严禁未经允许转载、复写复制（复印）